werner erne / markus kirchhofer / gegenüber

© 2011 Wolfbach Verlag Zürich
www.wolfbach-verlag.ch
Gestaltung: Werner Erne
Herstellung: Atelier Jean-Marc Seiler, Zürich

ISBN 978-3-905910-17-9

für Niklas

Gutes und Böse
das dürfte Dir
bekannt vorkommen...

sehr herzlich
Markus, Erde 2019

werner erne
markus kirchhofer
gegenüber

den drall des balles
im auge. die finte
im kopf des veteranen
erreicht den fuss
nicht mehr

mutter im rollstuhl
vor vaters stein
mit den pupillen meisselt sie
ihre lebensdaten
neben seine

licht fällt durch
die seitenwand
der umkleidekabine
hüften, bäuche und brüste tragen
weiche streifen

die sinkende sonne blendet
sie stanzt aus fels und föhren
schärenschnitte
aphrodite schenkt schaum-
wein aus

sonntag morgen
das kreuzworträtseln mit dir
fehlt. auch deine wärme
welche dachorganisation
schützt vor niederschlägen?

spaghetti en su tinta
schwarz die mundhöhle
mit der zunge
pinsle ich symbole auf
die haut der liebsten

fahrt durch das kirchenschiff
aus platanen
rinde auf dem fussboden
gemälde an der decke
aus licht und blattgrün

fackelspiesse
erhellen den sitzplatz
feier-abend
das zirpen der grillen
trägt uns ans meer

auf dem kartoffelfeld
wird speck, most und
brot herumgereicht
die kinder quälen
heuschrecken

nur auf der linken seite
finde ich schlaf
manchmal lastet
das eigene gewicht schwer
auf dem herzen

beim crescendo löst sich die frau
vom sitz des rollstuhls
sie gaukelt
mit ausgebreiteten armen
von glasfenster zu glasfenster

herumgehen zwischen
klirrenden zollfreien flaschen
über den motoren der
bottnischen titanic
vibriert die tanzfläche

erneutes kentern
im traum. erschöpft vom kampf
gegen wind und kälte
erreiche ich gegen morgen
rettende haut

die holländer vor uns bauen
sandburgen gegen die
steigende flut
verkäufer mit bauchläden
verkaufen chichi

der steinerne könig
blickt besorgt vom sockel
heute trägt sein pferd
rote transparente und
che guevara

tageszeitungen, letzte zigaretten
todesanzeigen und weinkisten
verbrennen im neujahrsfeuer
asche fällt
auf fröhliche häupter

sitzordnung unterlagen lichteinfall
portfolio lingualevel deskriptor
visualizer beamer filmausschnitt
lerngewinn wertschätzung pausengespräch
rollenspiel feierabend weiterbildung

fahrtwind von lastwagen
zerzaust die wegwarten
in den kronen der
strandkiefern balzen
grillen

lange anlaufzeit
auf federnden schuhen
aus meinen lungen
wachsen flügel
schweben, stromaufwärts

mittlere verwandtschaftsgrade
in der stube
aus der runde steigen
erinnerungsbilder. sie platzen
unter gelächter

mutter vom kilimandscharo
vater vom rigi
das töchterchen zieht
halbweisse neujahrsbrote
aus dem ofen

eine möwe schlägt
den blutigen schnabel
in eine taube
der marktschreier
verkauft vogelfutter

auf dem weg
zum nordkap
wird das klima kühler
höchste zeit
polkappen zu kaufen

durch rinde und moos
durch flechten, spinnennetze
sickern feuchtigkeit
und kälte
in meine wurzeln

sinnflut droht
wir retten uns paarweise
auf solides holz
das polareis
schmilzt weiter

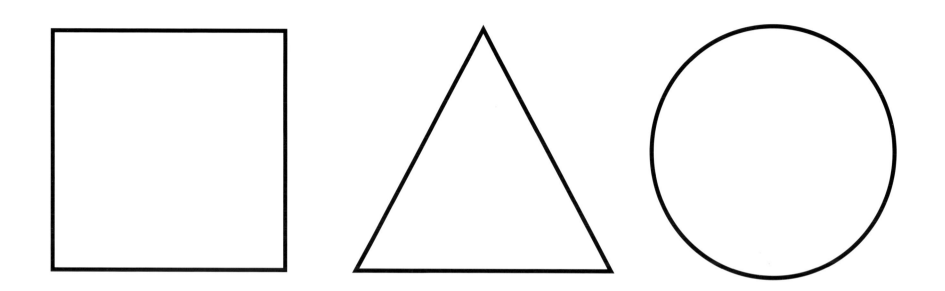

schaffen, buchstäblich
unter gottfried benns zeilen
gezeichnetes ich

am kottbusser tor
beisst die junge frau
in einen flaschenhals

in der flussaue
schillert eine blindschleiche
aus blech, licht und teer

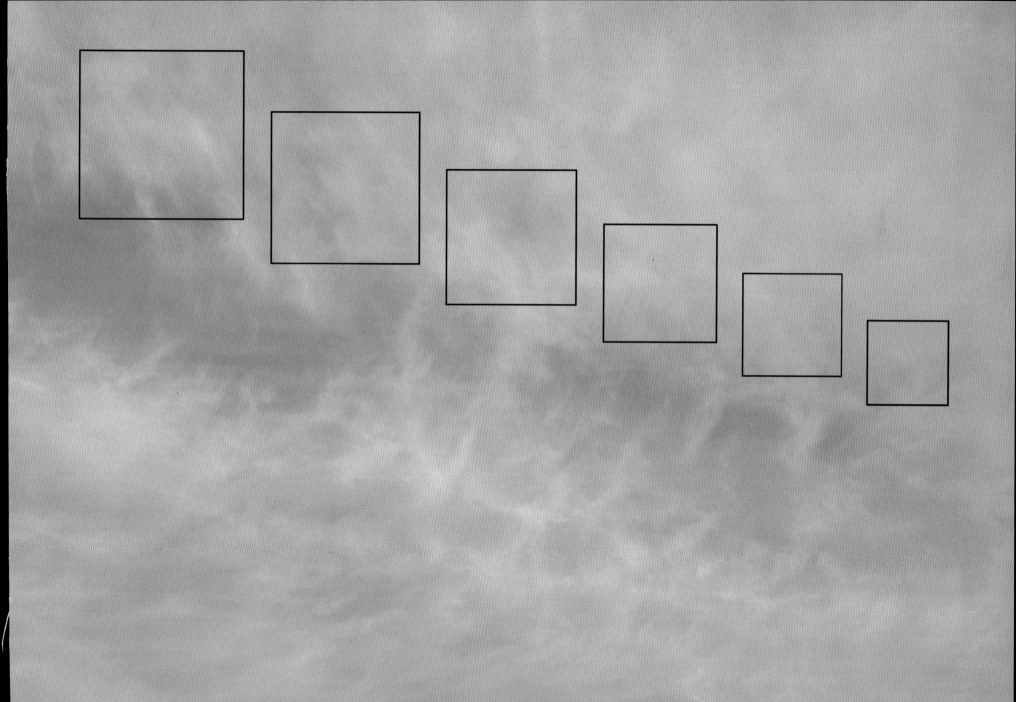

das holz verklingt
aus unbelebten gassen
röhrt ein laubbläser

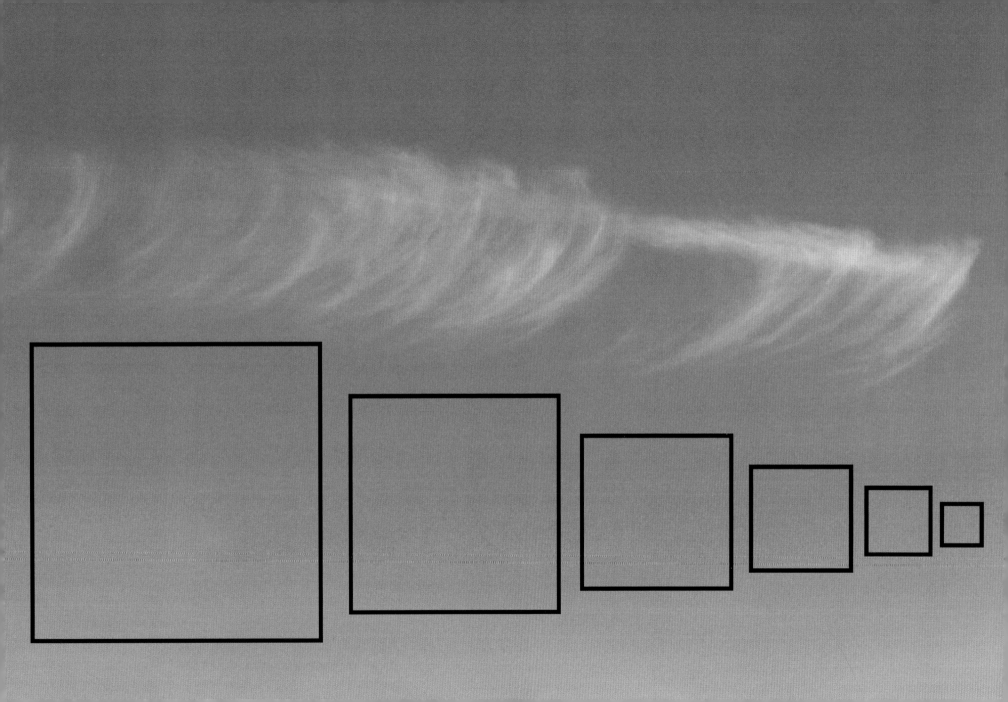

in den windungen
des zürcher kopfbahnhofes
pulsieren körper

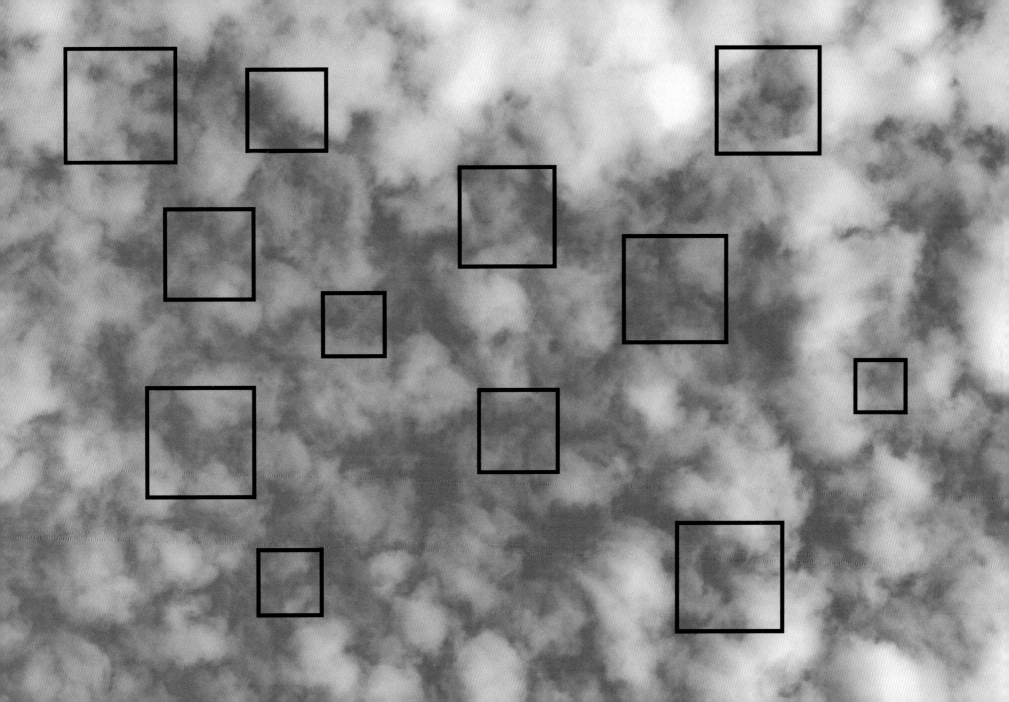

der baum presst tropfen
um tropfen aus der wurzel
der seeweg beginnt

zwischen wildwiese
und japanischem garten
wachsen gedichte

pfeifend wandern
schritt für schritt gegen die
rotation der erde

zwischen stockholm und
helsinki bleicht die welt aus:
menschen, kleider, häuser

ein rotmilan dreht
runden. ein jumbo setzt
zeichen an den himmel

schneeweisse daunen
vor himmelblau. unter der decke
liegt das meer

das schmelzende eis
reisst die frühlingstriebe
zum meer

unter dem rosa
kopftuch türkischer honig:
brauen, augen, haut

und wieder nimmt mich
die brandung deiner weichheit
gnädig in triebhaft

beim ausrasieren
entdeckt meine coiffeuse
mitesser im nacken

raureif auf blüten
stolze kräne im nebel
bewachen die stadt

der weihnachtsbaum blüht
draussen flackert schnee auf den
rücken der schafe

und wer
fettet die schmiernippel
der erdachse?

tau auf den kätzchen
der hasel. wind
im maul der karpfen aus papier

das fliehende meer
zieht korn um korn den boden
unter mir weg

die trauerweiden
streicheln mit ihren ästen
das treibgut

im schaufenster
begutachten die kunden
sich selber

am abend bringen
wir in der hängematte
die sterne in schwung

lauer wind wirbelt
lindenblüten, tauben und
röcke durch die luft

nachts, wenn in kreuzberg
autos brennen
jubelt ein vogel

die sonne senkt sich
hinter mir. mein schatten wird
zur kompassnadel

federweisse welt
die spuren der passanten
färben die wege

Verlag und Autoren danken folgenden Institutionen
für ihre Unterstützung bei der Drucklegung dieser Publikation:

Familien-Vontobel-Stiftung
Stadt Aarau
NAB-Kulturstiftung